I0770986

Le huitième nom

par Belinda Chavremootoo

Dédicace

Pour ceux à qui on a dit d'oublier.

Et pour ceux qui s'en souvenaient de toute façon.

Droit d'auteur du texte

© 2025 Belinda Chavremootoo

Tous droits réservés.

Il s'agit d'une œuvre de fiction. Les noms, les personnages, les lieux et les incidents sont le produit de l'imagination de l'auteur ou sont utilisés de manière fictive. Toute ressemblance avec des personnes réelles, vivantes ou décédées, des entreprises, des lieux ou des événements est purement fortuite.

Aucune partie de ce livre ne peut être reproduite, stockée dans un système de recherche documentaire ou transmise sous quelque forme ou par quelque moyen que ce soit (électronique, mécanique, photocopie, enregistrement ou autre) sans l'autorisation écrite expresse du propriétaire du droit d'auteur.

Première édition

À propos de l'auteur

Belinda écrit de charmants mystères douillets remplis de secrets de bord de mer, de portes de jardin et de chats qui connaissent toujours la vérité. Lorsqu'elle n'est pas en train de comploter des crimes fictifs, on peut la trouver dans son propre jardin où le parfum terreux de la terre et le doux bruissement des feuilles sont l'inspiration. Ses deux chats supervisaient tout avec un jugement tranquille.

Table des matières

Prologue

Elle était déjà morte lorsque la marée l'atteignit.

La mer clapotait doucement contre les rochers sous les falaises murmurantes, pas encore orageuse, pas encore sauvage. C'était le genre de calme qui n'est venu qu'avant la rupture.

Un coquillage était niché entre les lèvres de la femme, lisse, poli, délibéré. Ses doigts serraient un cahier à moitié mouillé. Ses yeux étaient ouverts.

Loin au-dessus, le dernier ferry disparaissait à l'horizon.

Et dans une maison tranquille au bord de l'île, un cartable attendait.

À l'intérieur se trouvaient les noms de sept familles.

Et un espace où un huitième aurait dû se trouver.

L'île avait oublié.

Mais la mer ne l'avait pas fait.

Chapitre 1

La mer sifflait contre le quai comme un avertissement, agitée sous le ciel meurtri. Les nuages s'amoncelaient bas, épais comme de la laine mouillée, et le vent emportait l'odeur du sel et de quelque chose de plus ancien, comme de la fumée de bois et des secrets rouillés. Quelque part au loin, une cloche tinta une fois, longue et creuse.

La détective Naila Deshmukh se tenait au bord de la jetée de pierre ; ses bottes s'enfonçaient largement contre la mousse glissante des embruns. Elle était sur l'île de Varuka depuis six mois, et elle avait toujours l'impression d'être debout sur un couvercle que quelqu'un essayait de garder fermé.

Varuka était une île en forme de croissant, la plus grande d'une chaîne oubliée entre Madagascar et le Sri Lanka. Il n'avait pas d'aéroport, seulement un ferry une fois par semaine. Ses habitants s'accrochaient aux anciennes méthodes : des histoires transmises de génération en génération, des lois écrites dans le sel et le silence. Chaque crique avait un secret, chaque maison un autel. Les touristes disaient que l'île était « intacte ». Naila disait qu'elle était prudente.

Naila avait grandi en entendant les histoires de sa grand-mère sur Varuka – les mythes, les chansons, les avertissements. Mais c'étaient des contes au coucher, pas des plans. Ses propres parents avaient quitté l'île avant sa naissance, et elle n'y était revenue qu'à cause d'une disgrâce dans sa carrière chez Interpol. Un informateur mort. Une affaire qui a mal tourné. Il fallait un bouc émissaire – et elle avait trop de principes pour faire de la politique.

Ici, elle portait l'uniforme de chef de la police, mais elle aurait tout aussi bien pu porter un masque.

La plupart des habitants lui parlaient à peine. Ceux qui l'ont fait l'ont fait avec une neutralité prudente, comme si l'on tenait un couteau par la lame.

Le ferry gémit en s'accostant, sa coque tachetée de rouille. Les vagues claquaient contre les pilotis, impatientes d'avaler quelque chose. C'était la dernière traversée avant le début de la mousson – six semaines de pluie, de vent et d'isolement. La mer fermerait ses portes comme une porte de prison.

Elle a regardé les passagers débarquer : des habitants transportant des sacs en toile de jute, des enfants serrant des boîtes de lait concentré et deux touristes malchanceux qui n'avaient manifestement pas lu les avertissements aux voyageurs. Les touristes ont été accueillis par un chauffeur silencieux du village du sud et se sont rapidement précipités dans une camionnette aux vitres embuées.

Puis vint le capitaine Haru Setele, le capitaine du ferry et gardien autoproclamé de l'île.

« Vous êtes en train de couper de près », dit Naila en descendant la rampe.

Il lui adressa un sourire sec. « Nous le faisons toujours. Vous ne l'avez jamais remarqué auparavant. »

Il avait l'air plus âgé qu'il ne l'avait été le mois dernier – peut-être que la mer l'a vieilli plus vite. Ou peut-être que l'île a fait cela à des gens qui en savaient trop.

« Manifeste propre ? » demanda-t-elle.

« L'épicerie. Fûts d'essence. Deux caisses de livres d'école. C'est tout. »

« Et les passagers ? »

Il hésita. « Le nombre correspond au registre. »

Ce n'est pas le cas. Naila en était sûre. Une femme, mince, vêtue d'un long manteau de lin et de lunettes de soleil surdimensionnées, s'était glissée hors du ferry sans même un regard. Son visage était caché, mais sa posture... Il y avait quelque chose d'étudié à ce sujet. Trop prudent.

Avant que Naila ne puisse se mettre à la suivre, la femme disparut dans les ruelles enchevêtrées près du marché aux poissons. Le genre de ruelles où les yeux regardaient derrière les rideaux et où tout le monde connaissait tout le monde – et personne ne savait rien.

Elle a commencé d'aller après elle.

Puis vint le cri.

« Chef ! Vous devez voir ça ! »

L'agent Arem, jeune, nerveux, désireux de plaire, agitait sauvagement ses mains depuis le début du sentier près des falaises murmurantes. Les falaises s'élevaient au-dessus de la rive ouest comme des dents cassées, blanches de fientes d'oiseaux et de légendes. Les habitants ont affirmé qu'ils faisaient écho à des mots que vous n'aviez jamais prononcés à haute voix.

Naila trottinait sur le chemin de pierre fissuré, le souffle serré dans sa poitrine. Elle passa devant des filets de pêche suspendus comme des fantômes à sécher, des drapeaux de prière flottant de vœux mouillés, et des enfants aux pieds nus et aux yeux soupçonneux.

Arem l'emmena sur un sentier de chèvres recouvert de mousse. La marée était haute, rongeant les rochers en contrebas. Au fond gisait le corps d'une femme, tordu, immobile, des vêtements trempés jusqu'à la taille. Ses cheveux blancs s'accrochaient à son visage comme des algues.

Le corps gisait tordu sur les rochers, à moitié trempé par la marée. Pâle. Immobile.

Naila s'agenouilla à côté du cadavre. Il lui fallut un moment pour réconcilier le visage sans vie avec la femme vive dont elle se souvenait.

Le Dr Rhea Kaoro avait soixante-huit ans, bien qu'elle se déplaçât et argumentât comme quelqu'un de vingt ans de plus jeune. Elle avait vécu seule dans une maison de pierre en ruine près des falaises, entourée de livres, de rouleaux reliés par des cordes et de jarres remplies de reliques usées par le sel. Sa fille, Miri, était une artiste vivant à l'étranger – aux dernières nouvelles de Naila, elle était à Nairobi ou peut-être à Paris. La mère et la fille ne s'étaient pas parlé depuis des années. Pas après les funérailles du mari de Rhea, un biologiste marin qui s'est noyé dans des circonstances étranges alors que Miri était encore adolescente.

Rhéa ne s'était jamais remariée. Elle avait dit un jour, dans un rare moment de candeur : *« Les mythes sont plus loyaux que les hommes. Et plus honnêtes. »*

Ses cheveux, habituellement tirés en un nœud serré avec des épingles en os sculptées, étaient maintenant lâches et sauvages avec des algues. Sa peau usée, toujours brunie par le soleil et l'air marin, paraissait étrangement pâle dans la mort. Elle était vêtue d'une écharpe indigo délavée – artisanale, traditionnelle – et autour de son cou pendait son habituel collier de perles de corail.

Naila ouvrit doucement la bouche de la femme morte.

À l'intérieur, niché derrière ses dents, se trouvait un petit cauris – poli, blanc et faux.

Arem marmonna quelque chose dans sa barbe. Une prière, peut-être.

« Est-ce qu'elle est tombée ? » a-t-il demandé.

Naila secoua lentement la tête. « Peut-être. »

Mais tout dans la scène semblait arrangé. La coquille. L'expression calme. Le cartable manquant dont Rhéa ne se séparait jamais.

Elle se tenait debout, le vent soulevant des mèches de ses cheveux comme du fil de mer. « Quelqu'un voulait que cela ressemble à un accident. »

Arem déglutit. « Mais pourquoi ? »

Naila leva les yeux vers les falaises, la voix douce.

« Parce que Rhea Kaoro connaissait trop d'histoires. Et certaines personnes sur cette île tueraient pour garder les leurs enterrées. »

Et quelque part derrière elle, dans les ruelles ou au fond des falaises, le tueur écoutait déjà.

Chapitre 2

À l'aube, la marée s'était retirée, mais les questions n'avaient fait que grandir.

Naila se tenait seule dans la morgue de fortune, un vieux magasin aménagé avec à peine plus qu'une table en acier et un ventilateur suspendu qui faisait tourner les secondes comme un métronome. Dehors, les nuages d'orage ne s'étaient pas dissipés, mais l'air était épais d'attente. La mousson planait juste au large, patiente et affamée.

Le corps de Rhea Kaoro était recouvert d'un drap de coton blanc. Le coquillage était scellé dans un sac de preuves posé à côté. Naila le tint de nouveau à la lumière : un cauri, lisse, vieux, du genre de ceux qui servaient autrefois de monnaie ou d'offrandes rituelles. Un symbole de protection ou d'avertissement, selon la version de la légende à laquelle vous croyiez.

Et c'était Varuka, où chaque symbole avait cinq significations et aucune d'entre elles n'était sûre.

« L'heure de la mort ? » demanda-t-elle sans lever les yeux.

L'agent Arem, encore pâle de la découverte de la nuit, vérifia ses notes. « Le médecin local estime tard dans la soirée. Peut-être entre neuf et minuit. Aucun signe de traumatisme externe. »

« Sauf pour être morte sur les rochers. »

Il hocha la tête, hésitant. « Il y a... Aucun signe qu'elle soit tombée du haut. Pas de gravier perturbé. Pas de traînée. Ses sandales étaient toujours en place. Trop bien rangé, n'est-ce pas ? »

Naila grogna. « Quelqu'un l'a placée là. Tranquillement. »

Il se déplaça. « Pensez-vous que c'est... euh... les Chuchoteurs ? »

Le mot flottait dans l'air comme de la fumée.

« Ne commencez pas », marmonna Naila. « Nous n'avons pas affaire à des histoires de fantômes. »

Mais une partie d'elle n'était pas sûre.

***

Plus tard dans la matinée, Naila se rendit à pied à la maison de Rhea Kaoro, une cabane en pierre trapue située sur une colline juste à l'extérieur du vieux village. Elle était debout depuis plus d'un siècle, construite pendant la période coloniale lorsque les érudits venaient « collectionner » la culture de Varuka comme des papillons dans des boîtes en verre.

Rhéa l'avait reprise à sa manière. Des livres se sont répandus de toutes les surfaces, beaucoup en varukan, certains écrits à la main. L'air sentait les herbes séchées et la cire de bougie. Une bouilloire encore froide était posée sur le poêle ; Une boîte de thé de mer ouverte à côté.

Il n'y avait aucun signe d'entrée forcée.

Pas de tiroirs renversés. Pas de serrures cassées.

Mais le cartable, celui que Rhea portait toujours, avait disparu.

C'était du cuir, vieux et mou, rempli de notes et de traductions, parfois de feuilles ou de coquillages pressés entre les pages. Si Rhéa avait fait une découverte qui valait la peine d'être tuée, elle aurait été dans ce sac.

Naila a trouvé autre chose, cependant.

Sur le bureau, caché sous un livre ouvert, se trouvait un bout de papier déchiré. Une seule ligne écrite à l'encre tremblante :

« *La vérité est plus ancienne que l'île.* »

Naila le regarda longuement.

*****

De retour à la gare, Arem revint avec le registre des passagers du ferry.

« Il n'y avait pas de femme en manteau répertoriée », a-t-il dit. « Le manifeste ne mentionne personne correspondant à sa description. »

« Elle cachait quelque chose », a déclaré Naila. « Ou quelqu'un la cache. »

Elle tapota à nouveau la coquille, scellée dans du plastique. « Découvrez où l'on trouve habituellement ce type de cauris. S'il est local ou importé. »

Arem hocha la tête, puis hésita. « Est-ce qu'on contacte la fille ? »

Naila soupira. « Oui. Contactez Miri Kaoro. Je lui parlerai quand elle arrivera. »

« Vous croyez qu'elle va venir ? »

« Je pense qu'elle va venir en colère. »

***

Pendant ce temps, loin de Varuka, dans un studio exigu de Nairobi, un téléphone vibre contre une table encombrée de pinceaux, de reçus et de tubes de peinture séchée.

Un appel d'un numéro que Miri n'avait pas vu depuis des années.

L'île.

Elle le regarda, sachant déjà avant de répondre.

Certaines histoires commencent par un décès.

D'autres ne se réveillent que lorsqu'il se produit.

***

La clinique sentait le menthol et la moisissure –
une vieille structure coloniale transformée en poste
de santé, ses murs blanchis à la chaux striés par des
années de vent salé et de rouille. Un ventilateur de
plafond tournait au-dessus de la tête de Naila,
déplaçant l'air lourd sans le refroidir.

Le Dr Enzo Malraux se tenait près de l'évier, se
lavant les mains comme s'il ne pouvait pas les
nettoyer suffisamment. Il était maigre, exposé au
soleil et se comportait comme un homme habitué à
être laissé seul. Sa cravate était tordue. Ses lunettes
s'embuaient légèrement dans l'air humide.

« Vous n'êtes pas ici pour un examen », a-t-il dit,
en s'essuyant les mains sur une serviette en lin.

« Vous avez fait l'examen préliminaire sur Rhea Kaoro », a déclaré Naila.

Il se retourna, lentement. « Je l'ai examinée, oui. Elle n'avait pas de blessures visibles. Aucun signe d'agression. Pas de blessures défensives. Pas d'os cassés. »

« Elle a été placée », a déclaré Naila. « Vous l'avez vu. Vous le savez. »

Il n'a pas répondu immédiatement. Il se dirigea vers le petit réfrigérateur et en sortit une bouteille d'eau, lui en offrant une. Elle a refusé.

« Je connais Rhéa », a-t-il dit. « Je la connaissais. Nous avons grandi sur la même crête, nous sommes allés à la même école avant qu'elle ne parte pour l'université en France. Elle était fière. Indépendante. Elle marchait souvent sur les falaises. Peut-être qu'elle a glissé. »

« Elle avait un coquillage dans la bouche. »

Maintenant, il la regardait.

« La coquille. En avez-vous parlé aux Anciens ? »

« Je ne leur demande pas la permission d'enquêter sur un décès. »

« Vous n'avez pas besoin de leur permission », a-t-il dit. "Mais vous obtiendrez leur attention. Et ce n'est pas toujours sain sur cette île. »

Naila croisa les bras. « Alors, vous allez simplement considérer cela comme des causes naturelles ? »

« Je n'ai pas dit ça. » Il ôta ses lunettes et les essuya. « Mais sans accès à des laboratoires ou au bureau d'un coroner, je ne peux pas prendre une décision formelle sur l'homicide. Il n'y a pas de traumatisme contondant, pas d'indication de poison – du moins pas un que je peux détecter ici. Si vous voulez une autopsie, vous devrez attendre que la mer se calme et que quelqu'un du continent puisse venir. C'est six semaines au minimum. S'ils sont d'accord. »

La mâchoire de Naila se serra. « Vous dites que je dois monter un dossier de meurtre sans un corps dont je peux prouver qu'il a été assassiné. »

« Je dis que ce n'est pas Interpol. Vous n'avez pas de laboratoire. Vous n'avez pas d'équipe médico-légale. Vous avez des suppositions, des instincts et de la politique locale. Faites attention à celui sur lequel vous comptez en premier. »

Ils se regardèrent pendant un long moment. Puis Malraux ajouta tranquillement :

« Que sa fille l'enterre en paix, Naila. Si vous remuez cela, l'île s'en souviendra. »

Elle se retourna pour partir.

« Peu m'importe que l'île se souvienne », a-t-elle dit. « Je me soucie que quelqu'un pense qu'il peut tuer une femme parce qu'elle en sait trop, et s'en tirer

à bon compte. »

Chapitre 3

L'île s'élevait de la mer comme un souvenir que Miri Kaoro avait essayé de noyer.

À travers la fenêtre striée de sel du ferry, Varuka semblait plus petite qu'elle ne s'en souvenait, juste un croissant de jungle et de falaises sous un ciel bas et bouillonnant. Mais au moment où le bateau s'approcha suffisamment pour qu'elle puisse sentir le mélange humide de saumure, de pierre mouillée et de feux de cuisson, la douleur dans sa poitrine revint, aiguë et spécifique.

Le chagrin a pris bien des visages. Sur Miri, il portait une irritation et une mâchoire douloureuse à force de serrer les dents depuis Nairobi.

Elle n'avait pas vu sa mère depuis plus de cinq ans. Leur dernier appel téléphonique s'était terminé dans le silence, non pas dans des cris, mais dans le genre de silence qui se durcissait en murs.

Pourtant, lorsque la police de l'île avait appelé et dit qu *il y avait eu un mort*, elle le savait avant qu'ils ne prononcent le nom.

Rhea Kaoro était morte.

Maintenant, Miri rentrait à la maison, qu'elle le veuille ou non.

***

Sur le quai, la détective Naila Deshmukh attendait dans un uniforme propre et repassé, sa posture incroyablement droite. Miri se souvenait vaguement d'elle, un nom autrefois présent dans les conversations de sa mère. La « policière du continent avec du sang insulaire ».

« Vous êtes venue », a dit Naila.

« Je ne suis pas ici pour échanger des recettes »,
a répondu Miri, descendant du bateau avec un sac de
sport en cuir en bandoulière. « Où est-elle ? »

« Elle a été transférée à la morgue de la clinique.
Je peux vous y emmener. Mais d'abord... Nous devons
parler. »

Miri s'arrêta de marcher. "Parler ? Ou me briefer
? "

« Je préfère tout vous dire en privé. »

Il y eut une pause. Miri étudia le détective : les
bords nets, la distance polie, les yeux réservés. Tout
sur cette île devait être enveloppé dans un rituel.
Même le chagrin.

« Très bien », a dit Miri. « Parlez vite. »

***

Elles se sont assises dans le bureau latéral de la station. Les fenêtres tremblaient légèrement sous la pression de l'orage qui s'annonçait.

« Elle n'est pas tombée », a déclaré Naila. « C'est ce que vous allez me demander. Le compte rendu officiel ne dit peut-être pas meurtre. Mais je le traiterai de même. »

Les mains de Miri se resserrèrent autour de la tasse en céramique qu'elle n'avait pas touchée.

« Avez-vous des preuves ? »

« Il y avait un coquillage dans sa bouche », a déclaré Naila. « Un cauris poli. Placé là. Il n'y a pas eu de blessure. Aucun signe de chute. Pas de vol. Pas de sac. Celui qui a fait cela voulait que ça ait l'air naturel. »

Miri cligna lentement des yeux. « Vous pensez qu'elle était... tuée à cause de ses recherches ? »

« Je pense que votre mère a trouvé quelque chose
que quelqu'un ne voulait pas redécouvrir. »

Miri laissa les mots reposer un instant, son
expression illisible.

Puis elle a ri. C'était court et sec. « Bien sûr
qu'elle l'a fait. Elle ne pouvait pas s'en empêcher.
Même quand personne n'écoutait. »

« Elle travaillait sur quelque chose de nouveau ?
»

« Elle ne s'est jamais arrêtée. Elle était obsédée
par une vieille légende orale que le Conseil avait
interdite à l'enseignement formel il y a des années –
quelque chose sur les « familles de sel perdues ». Elle
a dit que l'histoire officielle était un mensonge. »

« N'a-t-elle jamais mentionné les *Chuchoteurs
des Mers* ? »

Miri tressaillit à ce nom. « Elle a dit que ce n'était pas un mythe. Juste des gens oubliés qui se souvenaient comment rester cachés. »

Naila se pencha en avant. « Je pense que votre mère est morte pour s'en souvenir. »

***

Plus tard, alors que la pluie se levait enfin et que le tonnerre résonnait sur les falaises, Miri se tenait à l'extérieur de la morgue.

Elle n'était pas encore entrée.

Dans sa main se trouvait le vieux cartable en cuir que sa mère avait l'habitude de porter, abîmé, poussiéreux, sentant l'encens et le vieux parchemin. Naila l'avait récupéré ce matin-là sur la plage sud, où un pêcheur l'avait trouvé enterré dans le sable et enveloppé dans de la toile cirée.

À l'intérieur se trouvaient des cahiers. Endommagé par l'eau. Déchiré.

Mais une page était sèche et intacte.

Une carte. Dessiné à l'encre. Des falaises occidentales de Varuka – et un endroit marqué seulement par un cercle et un mot en ancienne écriture de Varukan.

Miri traça le mot avec son doigt.

« Enterré. »

Chapitre 4

Miri n'avait pas encore pleuré.

Pas sur le ferry. Pas à la morgue. Pas même lorsqu'elle toucha la peau froide de la main de sa mère, comme si elle attendait qu'un dernier message surgisse à travers le silence.

Au lieu de cela, elle s'est assise seule dans l'arrière-salle de la maison de sa mère, ce qui avait été sa chambre d'enfant. La peinture sur les murs s'était estompée en traînées couleur poussière, et le lit en bois sculpté semblait plus petit qu'avant. Une seule photo encadrée était toujours accrochée au-dessus : Miri à dix ans, à moitié souriante, les cheveux tressés en désordre, un bras en bandoulière autour de son père, l'autre autour de Rhéa. Tous les trois plissaient les yeux sous le soleil de l'île.

Le verre était fissuré.

Elle pencha la tête en arrière et ferma les yeux.

***

Il y avait eu tellement de disputes.

Sa mère voulait qu'elle reste, qu'elle *hérite de* quelque chose que Miri ne comprenait pas. Les histoires. La langue. Le sol. Mais Miri avait voulu de la couleur, du mouvement, du bruit, elle voulait Nairobi, Paris, le chaos cinétique et désordonné du continent. Elle voulait peindre dans des entrepôts et tomber amoureuse de gens qui croyaient en la possibilité plutôt qu'en la prophétie.

Lorsque son père s'est noyé, tout s'est durci. Rhéa s'est retirée dans ses recherches, et Miri s'est retirée dans la distance. D'abord émotionnellement, puis littéralement. Sa mère ne l'a jamais suppliée de rester. Elle a juste arrêté de lui demander de revenir.

Le pire, c'est qu'elles ne s'étaient pas disputées quand Miri est partie. Elles avaient juste... arrêté de se parler.

***

Miri se leva du lit et entra dans le bureau. Les papiers étaient empilés comme des autels. Livres marqués de plumes et de coquillages. Un cahier était ouvert, les pages déformées par l'humidité. L'écriture de sa mère était encore nette, toujours délibérée.

« *On dit que les familles de sel ont disparu. Mais elles ont été enterrées. Enterrées, pas perdues. Pas oubliées. Pas encore.* »

Miri traça le bord de la page.

La carte qu'elle avait trouvée dans le cartable était toujours rangée dans sa poche arrière. Elle la retira – toujours sèche, toujours intacte. L'endroit encerclé était une vieille falaise juste après la lisière de la jungle, un endroit où elle n'avait pas mis les pieds depuis son enfance.

Elle se souvient d'y avoir suivi sa mère une fois, il y a des années. Rhéa avait marmonné à propos de motifs dans les pierres. Symboles gravés dans les parois de la falaise.

À l'époque, Miri avait levé les yeux au ciel. Maintenant, elle roula la carte et la glissa dans son manteau.

***

Elle quitta la maison tranquillement, évitant la route principale. Elle n'était pas prête à répondre aux questions, à accepter les condoléances des gens qui avaient regardé sa mère avec révérence et ressentiment. Varuka avait une façon d'étouffer les gens par le silence et d'appeler cela du respect.

Elle a pris le chemin de derrière le cimetière, passant devant des banians tombés et des grillages rouillés. La jungle était épaisse et dégoulinante de la tempête de la nuit dernière. Les oiseaux gazouillaient avec des cris aigus et d'avertissement.

La falaise apparut lentement, voilée de brume, perchée sur une pente abrupte dans des rochers déchiquetés. En dessous, la mer s'agitait.

Miri s'approcha. L'air sentait la mousse et la pourriture.

Puis elle l'a vu.

Gravé dans la pierre près du bord de la falaise, à peine visible sous la végétation, se trouvait un cercle d'environ un mètre de large, entouré de symboles en vieux Varukan.

Elle s'accroupit.

À l'intérieur du cercle, quelqu'un avait récemment perturbé la terre. Pas complètement creusé, mais gratté. Juste assez pour savoir que quelque chose était caché ici.

Elle a attrapé son téléphone. Pas de signal.

Bien sûr.

Elle se leva lentement.

Puis, un bruit derrière elle, petit, délibéré. Un pas ?

Elle se retourna, le cœur battant.

Mais il n'y avait personne.

Seulement la jungle, la regardant.

Chapitre 4

Le bâtiment du Conseil se trouvait au centre de la place de la vieille ville, une structure basse en pierre sombre et aux fenêtres à volets. Pas de signes, pas de symboles. Le genre d'endroit qui prétendait n'avoir rien à cacher, jusqu'à ce que vous essayiez de poser des questions.

La détective Naila Deshmukh se tenait devant ses portes, écoutant la pluie clapoter doucement sur l'auvent.

À l'intérieur, cinq personnes attendaient.

Le Conseil des aînés n'a pas été élu. C'était héréditaire. Un pouvoir transmis par des lignées déguisées en tradition. En théorie, ils étaient des gardiens de la culture, des gardiens de la langue, de l'histoire et des rituels. En pratique, ils étaient le gouvernement fantôme de Varuka.

Naila entra.

La chambre était fraîche et sombre, avec une longue table de pierre en son centre. Les lampes clignotaient à la lumière de l'huile. De l'encens flottait dans les coins, tranchant de cannelle et de cendre.

Elle a été accueillie par des hochements de tête, pas par des sourires.

Cinq sièges, cinq visages :

- Aîné Jainu Malel – Cheveux argentés, lent, toujours en blanc. président du Conseil. Voix comme de la soie sur la pierre.

- Aînée Navina Aru – La seule femme, à l'œil perçant, avec l'autorité douce de quelqu'un souvent sous-estimé.

- Aîné Tambu Deko – Silencieux, costaud, les mains toujours jointes. Regarde tout. Parle rarement, mais toujours en dernier.

- Aîné Bosha Kaale – Le plus jeune des cinq. Sourit trop facilement. A des contacts à l'extérieur de l'île. Des chuchotements suggèrent des ambitions.

- Aîné Rafiq Domo – Gardien des traditions orales. Une archive vivante. Refuse d'utiliser la technologie. Considère le changement comme une maladie.

Jainu fit un geste vers le centre.

« Détective Deshmukh. Vous avez suscité l'inquiétude. »

« Ce n'était pas mon intention », dit-elle d'un ton égal.

« Vous avez déclaré qu'une mort était suspecte », a-t-il poursuivi. « Mais le médecin ne l'a pas confirmé. »

« Parce qu'il n'a pas les outils pour confirmer quoi que ce soit », a répondu Naila. « Mais j'en ai vu assez pour justifier une enquête. »

Rafiq renifla. « Vous n'avez pas été élevée ici. Vous ne connaissez pas les rythmes. Rhea Kaoro était... excentrique. Malade, disent certains. »

« On lui avait mis un coquillage dans la bouche. »

Le regard de Navina se leva vers le haut. Les autres restèrent immobiles.

Jainu croisa les mains. « Et qu'est-ce que cela prouve ? »

Naila s'avança, la voix ferme. "Cela prouve que quelqu'un voulait nous faire croire qu'elle est morte naturellement. Cela prouve l'intention. Et si elle faisait des recherches sur quelque chose d'assez dangereux pour la tuer, nous devons tous savoir pourquoi. »

Une longue pause s'ensuivit.

Puis, l'aîné Tambu a pris la parole. Voix lente, épaisse. « Il y a des vérités qui appartiennent aux morts. »

« Et il y a des crimes qui appartiennent aux vivants », a répliqué Naila.

Personne n'a bougé.

Jainu expira. "Vous êtes autorisée à poursuivre vos questions, détective. Mais ne confondez pas la curiosité avec la permission de perturber. L'île a survécu en sachant ce qu'elle devait oublier. »

Elle comprit l'avertissement.

Alors qu'elle se retournait pour partir, la voix de Navina l'arrêta.

« Détective. »

Naila se retourna.

« Si vous voulez vraiment savoir ce que Rhea Kaoro poursuivait, » dit-elle, « demandez à propos de la Huitième Famille. »

La porte se referma derrière elle avec un bruit sourd qui sonnait comme si l'histoire se refermait.

Chapitre 5

Le sol était meuble. Récemment perturbé.

Miri s'accroupit à côté du cercle de pierres, traçant les faibles gravures le long de son bord. Certains étaient des spirales décoratives. D'autres ressemblaient à des mots, de la vieille écriture de Varukan, celle que sa mère avait l'habitude de dessiner dans les marges des cahiers.

Le sol à l'intérieur du cercle cédait légèrement sous ses doigts.

Elle n'avait pas d'outils. Juste un bâton et ses mains.

Après vingt minutes de grattage soigneux, ses doigts ont heurté quelque chose : du bois, pourri et mou, qui tenait à peine sa forme. Une boîte, pas plus grande qu'une boîte à chaussures, enveloppée dans ce qui restait de toile cirée et de fibre d'écorce.

Elle l'a libérée.

Le couvercle s'effrita.

À l'intérieur : un parchemin. Endommagé par l'eau. L'encre au fusain s'estompait par endroits. Et un fragment d'une bande tissée avec huit nœuds, chacun noué dans un style légèrement différent.

Au fond, pressée à plat contre le bois, se trouvait une page qui avait survécu à l'humidité. Il portait un nom à Varukan.

Sa mère l'avait autrefois traduit pour elle.

« Kama Uvu. »

La lignée oubliée.

Son cœur se serra.

La huitième famille.

Un nom que sa mère avait murmuré une fois sous l'effet de sa colère. Une famille qui avait été rayée des registres officiels de la lignée, effacée des histoires orales et écrites de l'île.

Une famille qui n'était plus censée exister.

Elle entendit quelque chose craquer dans les sous-bois derrière elle et se figea, mais ce n'était qu'un lézard qui sautillait sur la pierre.

Pourtant, elle avait la sensation d'être observée.

Elle enveloppa le parchemin dans sa veste et recula. Elle retournerait à la maison. Etudierait le parchemin davantage. Tranquillement.

Car si la Huitième Famille avait été effacée... Quelqu'un avait fait l'effacement.

Et quelqu'un pourrait tuer pour que cela reste ainsi.

***

De retour dans son bureau, Naila étala les vieux registres de recensement sur son bureau.

Six familles officielles étaient répertoriées dans toutes les archives : des noms datant de plusieurs siècles, tissés dans les sièges du conseil et les limites de propriété. Une septième, la ligne Kaoro, avait été ajoutée après la colonisation, lorsque Varuka avait restructuré ses lois.

Mais il y avait un fossé.

Une colonne vide où devrait se trouver une huitième entrée. Pas même barrée, mais simplement disparue, comme de l'encre enlevée avec soin.

Elle a appelé les archives. J'ai parlé à un assistant.

« Pas de huitième famille enregistrée, détective. Peut-être que vous interprétez mal... »

« Je ne le fais pas. »

Elle se renversa dans son fauteuil.

Les Anciens avaient laissé la vérité s'estomper.

Ou l'a poussée.

Et Rhea Kaoro avait essayé de la ramener.

***

Ce soir-là, Miri était assise en tailleur sur le sol du bureau de sa mère, des parchemins et des notes déchirées éparpillés autour d'elle.

Naila était assise seule dans le silence de la gare, la pluie faisant doucement tic-tac contre les volets.

À des kilomètres l'un de l'autre, elles murmurèrent les mêmes mots à haute voix :

« La huitième famille a été enterrée. »

Ni l'une ni l'autre ne savaient encore que ce qui avait été enterré était plus qu'un nom.

C'était un crime.

Et quelqu'un sur Varuka était prêt à tuer à nouveau pour s'assurer que cela reste ainsi.

Chapitre 7

Le cimetière de l'arête nord de Varuka n'était pas marqué par des pierres tombales, mais par du bois usé par les intempéries, des coquillages en paquets et de petites idoles sculptées à la main enfoncées dans la terre. Le cimetière officiel se trouvait plus près du village, propre et bétonné. Mais celui-ci – l'ancien cimetière – était l'endroit où les personnes non enregistrées étaient enterrées.

Naila a escaladé la colline juste avant le crépuscule, suivant les rumeurs.

Un témoin. Un chuchoteur. Un homme qui « connaissait les noms que le Conseil avait oubliés ».

Elle l'a trouvé en train de s'occuper d'une tombe avec une machette, taillant des lianes pour les éloigner d'un marqueur mince comme un os.

Kelo Tamari leva les yeux quand elle s'approcha.

« Vous marchez lourdement », a-t-il dit.

« Le gravier est mouillé. »

« Je voulais dire avec les questions. »

Elle hésita, puis lui tendit une photo de la page du recensement, l'espace où devrait se trouver un nom.

« Vous savez ce qui manque ici. »

Il l'a étudié et n'a rien dit pendant un long moment.

Puis : « Un tel silence n'est pas une erreur. C'est une décision. »

« Vous avez déjà travaillé comme archiviste, n'est-ce pas ? Pour le vieux temple ? »

« Ma grand-mère l'a fait. J'ai écouté. »

Naila sortit son carnet.

« J'ai besoin d'un nom. La huitième famille. La vérité. »

Kelo essuya sa machette sur un chiffon et lui fit signe de le suivre.

***

À l'intérieur de sa hutte, les murs étaient tapissés de livres qui n'avaient jamais été catalogués par les archives de l'île. Histoires populaires. Généalogies. Croquis d'anciennes marques de prière. Sur le mur du fond se trouvait une peinture murale, des dessins au fusain délavés de huit branches se tordant à partir d'un seul tronc.

Il montra la branche la plus basse.

« La famille s'appelait Uvu. Pêcheurs. Constructeurs de bateaux. Sages-femmes. Ils n'étaient pas riches, mais ils avaient un don : se souvenir. Chaque histoire, chaque naissance, chaque mort. Historiens oraux. Le Conseil les craignait non pas à cause de ce qu'ils étaient, mais à cause de ce dont ils se souvenaient. »

« Alors, ils les ont effacés. »

« Ils n'ont pas pu tuer tous les Uvu », dit-il doucement. « Mais ils les ont rendus invisibles. »

« Et Rhea Kaoro les a trouvés ? »

"Elle a trouvé des *preuves*. La preuve qu'ils existaient. Peut-être même des descendants. C'est suffisant pour effrayer le Conseil. »

Le cœur de Naila s'est emballé. « Savez-vous qui pourrait encore porter ce nom ? »

Kelo la regarda longuement.

Puis : « Je sais qui porte la mémoire. Mais la mémoire a du poids. Si vous leur demandez de le soulever, vous feriez mieux d'être assez forte pour le porter aussi. »

***

À la tombée de la nuit, il pressa un parchemin plié dans sa main.

« Trouvez ce symbole », a-t-il dit. « Il marque l'endroit où dort la vérité. »

Naila le déplia.

Un symbole avec huit nœuds imbriqués, le même motif que Miri avait trouvé dans le parchemin de sa mère.

Chapitre 8

Miri étala les notes de sa mère sur le sol du bureau comme un rituel.

La maison était calme, à l'exception du vent de l'océan qui pressait contre les fenêtres. L'odeur de sa mère persistait encore : feuilles de thé, bois de santal, vieux papier. Il était difficile de réfléchir. C'était trop facile à se souvenir.

Une tasse de thé fissurée était posée sur le bureau. Une tache d'encre sur la manche d'un manteau. Une phrase inachevée.

« *Ceux qu'ils ont effacés savaient tout, trop. Ils étaient l'épine dorsale de l'île, et cela les rendait dangereux.* »

Miri passa son doigt sur les bords d'un mince journal marqué uniquement d'un coquillage pressé dans de la cire.

À l'intérieur, elle trouva un passage écrit à la hâte – la voix de sa mère, féroce et claire :

« *Les Uvu ne sont pas des mythes. Ils ont conservé les registres avant que le Conseil ne prenne le relais. Mes sources disent qu'ils ont préservé la <u>vérité</u> de ce qui s'est passé pendant la rébellion coloniale. Que ce n'étaient pas les soldats étrangers qui avaient mené les massacres, c'étaient les Varukans. Notre propre peuple. Nos propres aînés. La Huitième Famille a essayé de le révéler, et pour cela, ils ont été effacés.* »

Miri se redressa ; le souffle pris dans sa gorge.

Ce n'était pas seulement du folklore. Sa mère avait été sur le point de le prouver : un massacre blanchi par l'histoire officielle. Et la huitième famille avait été la seule à oser se souvenir.

Pas étonnant que quelqu'un ait voulu enterrer l'histoire.

Elle attrapa le parchemin qu'elle avait trouvé près de la falaise. Des symboles, des noms et un faible arbre généalogique. Sept branches ont fini par prendre feu, brûlées, barrées ou brisées. L'un d'eux est resté entier.

Une seule ligne de vie.

Un nom qu'elle ne reconnut pas, mais qui avait été encerclé trois fois en rouge :

« *Natu.* »

Elle fouilla dans ses souvenirs.

Ce nom signifiait quelque chose. Elle l'avait entendu, il y a des années. Une femme qui est venue à la maison quand elle était enfant. Une sage-femme aux dents en or et aux mains comme de l'écorce patinée. Elle avait l'habitude d'apporter des histoires, des avertissements, des bonbons enveloppés dans des feuilles de bananier.

Était-elle encore en vie ?

Et si elle était... *Était-elle* la dernière descendante ?

Miri rangea le parchemin dans son sac et se leva.

Demain, elle trouverait la sage-femme.

Et peut-être la dernière vérité vivante de la huitième famille.

Chapitre 9

Le brouillard matinal s'accrochait à l'île, épais comme un souffle sur du verre.

Naila se tenait au bord du vieux port, le symbole que Kelo avait dessiné dans sa main. Huit nœuds tissés les uns dans les autres - un motif si ancien qu'il n'apparaît plus dans les emblèmes officiels, et pourtant... il est apparu à maintes reprises dans les papiers récupérés de Rhea Kaoro.

Cette fois, elle était venue voir la seule personne qui pourrait savoir comment de tels symboles se déplaçaient dans le temps : le capitaine Haru Setele.

***

Le ferry de Haru était amarré depuis des jours, ralenti par la tempête. Il était assis sur le pont en train de réparer un filet de pêche, fumant des clous de girofle. La mer scintillait au-delà de lui, d'un calme trompeur.

« Vous êtes venue tôt », a-t-il dit sans lever les yeux.

« Vous avez une bonne mémoire », a-t-elle répondu.

« Je me souviens quand les gens oublient des choses exprès. Qu'est-ce que vous oubliez, détective ? »

Elle lui tendit le parchemin.

Il l'a étudié. Ses doigts s'arrêtèrent.

« J'ai vu cela sur les coques de bateaux », a-t-il déclaré. « De vieux bateaux. Journées avant le conseil. Symbole de protection.

« Et la famille ? »

« C'est la même chose, une fois. »

Il montra le coin du parchemin, où une écriture délavée s'enroulait vers l'intérieur comme une queue.

« La plupart des gens ratent cette partie. »

« Qu'est-ce que ça dit ? »

Haru traça doucement la ligne. « C'est une étiquette funéraire. Un nom qui ne devrait plus exister. »

Le souffle de Naila se retint. « Dites-moi. »

« *Natu Uvu.* »

***

Elle recula, le cœur battant.

« Vous êtes sûr ? »

« Elle était sage-femme. A travaillé principalement dans les villages de la jungle. Les gens disent qu'elle parle aux esprits. Mais je pense qu'elle se souvient des morts mieux que n'importe qui d'autre. »

« Où est-elle ? »

Il eut un sourire triste.

« Si je savais, je ne vous le dirais pas. Mais je sais où elle a été vue pour la dernière fois. Il y a un sanctuaire au-delà de la crête orientale. Sculpté dans la pierre. C'est là que ceux qui se souviennent vont pour être seuls. »

Naila hocha la tête, empochant le parchemin.

« Soyez prudent, chef », dit Haru.

« Si vous posez trop de questions au passé, il commencera à vous répondre. »

***

Miri suivit une piste de chèvre à travers la jungle, le nom de Natu sur ses lèvres comme une prière. Elle ne portait que son sac et une photo de sa mère. Ses pas étaient lents, délibérés.

La jungle s'ouvrit légèrement, révélant un chemin de pierres usées.

Et un petit sanctuaire creusé dans la base d'une falaise, à moitié caché par des vignes.

À l'intérieur était assise une femme vêtue d'un châle rouge, les cheveux couleur de cendre, la peau ridée comme de l'écorce.

Elle attendait.

Chapitre 10

La salle du Conseil était sombre, comme toujours. Mais le silence à l'intérieur était différent maintenant, plus épais, plus cassant.

L'air sentait faiblement le bois de santal humide et la vieille pierre. L'aîné Jainu Malel était assis au bout de la table, les doigts raides, les yeux fermés, non pas dans le repos, mais dans le calcul.

Il écoutait. En attente.

Les autres n'ont pas été aussi patients.

« Nous aurions dû l'enfermer dans les falaises », marmonna l'ancien Bosha Kaale, d'une voix trop forte pour l'espace. « Au moment où elle a commencé à poser des questions sur la coquille. »

« Vous voulez arrêter un chef de police ? » dit froidement l'aînée Navina Aru. « C'est une bonne façon de mettre le feu au silence que nous avons passé des décennies à préserver. »

« Elle n'est plus seule maintenant », a ajouté Rafiq Domo, qui parlait rarement en premier. « La fille Kaoro est de retour. Elle creuse. Les gens lui parlent. Elle ressemble à sa mère. »

Jainu ouvrit enfin les yeux.

« C'est ce qui me préoccupe le plus. »

***

Ils avaient sous-estimé Rhea Kaoro une fois – ils avaient permis à son travail académique de poursuivre parce qu'il avait été déterminé comme inoffensif. C'était une folkloriste, pas une révolutionnaire. Une collectionneuse de mythes.

Mais maintenant, son héritage était devenu dangereux.

Deux enquêtrices.

L'une sanctionnée, l'autre voyou.

Et les deux suivaient le même chemin.

Jainu se leva lentement.

« Nous devons diviser la menace », a-t-il déclaré.
« Naila croit toujours aux institutions. Elle peut être bloquée. Redirigée. »

« Et la fille ? »

« Elle est émotive. Personnelle. Imprévisible. »

Une pause. Puis l'Ancien Tambu Deko parla, d'une voix comme du gravier qui roule.

« Elle a trouvé Natu. »

La pièce se raidit.

Navina leva un sourcil. « Tu es sûr ? »

« Elle a été vue sur la crête. Quelqu'un a laissé des offrandes après. »

Kaale se leva brusquement. « Nous ne pouvons pas laisser Natu parler. »

« Elle l'a déjà fait », a déclaré Jainu. « La question est : que va-t-elle dire ensuite ? »

***

En privé, après la dispersion de la réunion, Navina resta assise, le regard fixé sur les sculptures en spirale gravées sur le bord de la table.

Elle se souvenait de Rhéa comme d'une fille, à la langue acérée et trop curieuse. Elle l'avait admirée autrefois. Peut-être que c'était encore le cas.

Maintenant, elle regardait sa fille marcher sur le même chemin.

Elle ouvrit le tiroir à côté d'elle et en sortit une petite enveloppe. À l'intérieur : une page arrachée à l'un des carnets de Rhéa. Quelque chose qu'elle avait discrètement retiré des registres des preuves.

Le symbole de la huitième famille.

Elle le traça doucement avec son doigt.

« L'île a une colonne vertébrale », murmura-t-elle. « Voyons si ça casse. »

Chapitre 11

Le sanctuaire n'était guère plus qu'un creux à flanc de falaise, protégé par des vignes et le temps.

À l'intérieur, Miri était assise en tailleur sur une natte tissée en face de Natu Uvu. Les yeux de la vieille femme étaient voilés, mais perçants sous la brume. Son châle rouge était étroitement enroulé autour de ses épaules, marqué de vieilles broderies, symboles que Miri reconnaissait dans les carnets de sa mère.

Une petite lampe à huile brûlait entre eux.

Dehors, la jungle murmurait avec le vent et le chant des oiseaux. Mais à l'intérieur, le silence était sacré.

« Tu es venue avec les yeux de ta mère », dit enfin Natu, la voix cassée mais ferme.

Miri hocha la tête. « Et ses questions. »

« Je l'ai prévenue une fois. Que certaines vérités ne veulent pas qu'on s'en souvienne. »

« Elle s'en souvenait de toute façon. »

Natu sourit faiblement. « C'est ce qui la rendait dangereuse. C'est ce qui vous rend dangereuse maintenant. »

Miri se pencha en avant. « Parlez-moi de la huitième famille. Dites-moi ce qui s'est passé. »

***

Le témoignage de Natu

« Il était une fois huit grandes familles sur Varuka. Non pas par le sang ou la richesse, mais par la confiance. Chaque famille a conservé une partie de la mémoire de l'île.

Les Uvus étaient ceux qui se souvenaient. Sages-femmes, chanteurs de mort, archivistes. Nous connaissions les noms des noyés et les histoires de ceux qui étaient nés. Nous ne les avons pas écrits, nous les avons portés.

Quand les colonisateurs sont arrivés, ils ont essayé de nous effacer tous. Mais pires qu'eux étaient ceux qui restaient derrière. Notre propre peuple. Certaines familles... ont conclu un marché. Ils protégeraient le pouvoir des envahisseurs, remodèleraient l'histoire de l'île, s'ils étaient autorisés à gouverner.

Et quand les Uvus ont refusé d'oublier, ces familles se sont retournées contre nous. Tranquillement. Systématiquement. Elles ont effacé nos noms du recensement. Brûlé nos maisons. Banni nos symboles des temples. Ceux qui ont vécu ont changé de nom. Marié dans le silence.

J'avais douze ans quand ma mère m'a dit de ne plus jamais prononcer notre nom.

Rhea Kaoro a trouvé l'une des anciennes chansons d'accouchement. Il en nommait huit, et non sept. C'est comme ça qu'elle le savait. Et quand elle est venue me voir, je lui ai dit le reste. »

***

Miri écouta, stupéfaite. « Pourquoi ne l'a-t-elle pas publié ? »

« Elle a essayé. Mais ses éditeurs n'ont pas voulu l'imprimer sans confirmation officielle. Et le Conseil l'a bloqué. Pression silencieuse. Financement révoqué. Archives fermées. »

« Elle est morte à cause de ça, n'est-ce pas ? »

Les yeux de Natu s'assombrirent. « Elle est morte parce que quelqu'un craignait que l'histoire ne se réveille. »

Elle passa la main sous son châle et en sortit un paquet usé enveloppé dans une toile cirée. À l'intérieur se trouvait une amulette sculptée, le même symbole de huit nœuds que sa mère avait marqué dans son journal.

« Cela appartenait à votre arrière-grand-mère », a déclaré Natu. "Rhéa me l'a laissé au cas où... au cas où la vérité retrouverait une voix. »

Miri le prit, les mains tremblantes.

« Vous devez décider quoi en faire », a déclaré Natu. « La mémoire, c'est le pouvoir. Mais c'est aussi un fardeau. Êtes-vous prête à le porter ? »

***

Alors que Miri sortait dans la lumière du jour déclinant, une amulette serrée dans son poing, elle avait sa réponse.

Elle n'allait pas quitter Varuka.

Pas avant que la vérité ne soit connue.

Même si cela la tuerait aussi.

Chapitre 12

Le sentier de la jungle se rétrécit, flanqué de vignes épaisses comme une corde et de racines qui s'élèvent comme des côtes dans la boue. Naila se déplaça prudemment, machette à la main, le symbole que Kelo lui avait donné était gravé dans son esprit.

Il lui avait fallu la majeure partie de la matinée pour trouver le chemin – un sentier de chèvres voilé par la végétation, invisible à moins que vous ne sachiez quoi chercher. Mais maintenant, dans l'épais silence vert, elle savait qu'elle était proche.

Elle s'avança dans une clairière.

Le sanctuaire était exactement comme Haru l'avait décrit : une alcôve basse en pierre nichée à la base de la falaise ; son entrée est marquée par huit spirales sculptées presque lisses par le vent.

Elle s'approcha, le cœur s'accélérant.

Mais le sanctuaire était vide.

Aucun signe de Natu.

Aucune trace de qui que ce soit, à l'exception d'un seul objet laissé derrière :

Un morceau de tissu rouge plié.

Elle s'agenouilla à côté. Il était encore chaud.

Quelqu'un était venu ici récemment. Peut-être il y a quelques instants.

Elle ouvrit doucement le linge.

À l'intérieur se trouvait un bout de papier, vieux mais intact. En fusain délavé se trouvait un nom :

« Uvu. »

Et en dessous, un autre symbole, que Naila ne reconnut pas. Pas les huit nœuds. Quelque chose de plus récent, griffé dans une main déchiquetée.

Cela ressemblait à un avertissement.

***

Elle se leva lentement.

Le vent a tourné.

Derrière elle, des feuilles bruissaient, trop lourdes pour un oiseau, trop molles pour une tempête.

Elle tourna ; machette levée.

Mais il n'y avait personne.

Seulement les arbres. Attentifs.

***

De retour au village ce soir-là, Naila se tenait à la fenêtre de son bureau, fixant les nuages qui s'amoncelaient. La tempête n'était pas encore tombée, mais elle tournait en rond.

Et maintenant, elle n'était pas sûre de suivre une vérité...

Ou de marcher droit dans le piège de quelqu'un.

Elle se retourna vers son bureau et traça une ligne entre les noms.

- Rhéa Kaoro

- Natu Uvu

- Miri Kaoro

- Kelo Tamari

- La huitième famille

La ligne commençait à former un cercle.

Et elle se tenait au centre.

Chapitre 13

La tempête finit par éclater sur Varuka comme un souffle retenu expiré d'un seul coup.

Des nappes de pluie fouettaient les toits. Le tonnerre a dévalé les falaises comme un battement de tambour des os de l'île. Le vent sentait les algues, le cuivre et quelque chose de vieux.

Naila était à mi-chemin de la gare quand elle aperçut la silhouette debout sur la route devant elle, la capuche relevée, trempée jusqu'aux coudes, les bras croisés.

Miri.

Le regard dans ses yeux n'était pas du chagrin.

C'était de la fureur.

***

Elles se sont abritées sous un surplomb de pierre en ruine qui servait autrefois à sécher le poisson. La pluie sculptait des rivières argentées le long du mur à côté d'eux. Le silence dura trois longues respirations.

Puis Miri prit la parole la première.

« Vous avez trouvé le sanctuaire. »

Naila ne répondit pas.

« Vous l'avez trouvé, et elle était déjà partie. »

Toujours le silence.

Miri s'approcha. "Vous poursuiviez les ombres. Vous déposiez des rapports alors que des gens meurent pour ce dont ils se souviennent. Ma mère... »

« Je sais qui était ta mère », coupa Naila. « C'est moi qui ai retiré la coquille de sa bouche. Vous pensez que je m'en fiche ?

« Vous ne la connaissiez pas. »

« Et vous n'étiez pas là. »

Les mots ont atterri comme une gifle.

Miri cligna des yeux.

Naila soupira, le regrettant instantanément. « C'était cruel. Je suis désolée. »

La voix de Miri baissa. « Mais c'est vrai. »

***

Pendant un moment, seule la pluie a parlé.

« J'ai trouvé Natu », dit finalement Miri. « Elle m'a tout dit. À propos des Uvus. Sur ce que le Conseil a fait. À propos du massacre. »

« Vous la croyez ? »

« Je crois que ma mère ne mourrait pas pour un mensonge. »

Naila l'étudia, puis hocha la tête. « J'ai couru après des noms. Vous avez couru après la mémoire. Nous sommes sur le même chemin. »

« Ce n'est pas le cas. »

« Pas encore. »

***

Miri sortit quelque chose de sa poche – un billet plié, humide de pluie mais lisible. Le symbole des huit nœuds. En dessous, un nom que Naila n'avait pas encore vu.

« Aru. »

Naila se figea. "C'est... l'un des Anciens.

« Maintenant, nous savons par qui commencer. »

***

Quelque part, une cloche sonna bas. Pas une cloche d'église, une cloche d'avertissement, frappée à la main.

Le village réagissait.

Quelque chose s'était passé.

Ils coururent ensemble vers le bruit.

Pour la première fois, pas en tant qu'étrangers.

Pas comme des rivaux.

Mais comme un règlement de comptes.

Chapitre 14

La cloche sonnait encore lorsque Naila et Miri atteignirent la place du village.

Les gens étaient rassemblés en cercle à l'extérieur des Archives du patrimoine, le seul bâtiment destiné à préserver l'histoire de Varuka.

Mais les doubles portes étaient maintenant ouvertes, l'une d'elles brisée, l'autre brûlée.

À l'intérieur, la fumée s'enroulait vers les poutres du plafond. L'incendie avait été rapide, délibérée. Les flammes étaient déjà éteintes, mais pas avant d'avoir fait leur travail.

Des étagères de parchemins avaient été réduites en cendres. Reliures laissées dans des flaques d'encre fondue. Une carte calcinée de l'île était accrochée au mur, les bords s'enroulant comme des feuilles mourantes.

Et au centre de la pièce gisait un corps.

Kelo Tamari.

Face cachée. Les mains brûlées.

Un symbole de nouage gravé sur le plancher de bois à côté de lui – huit boucles coupées au centre, comme une corde violemment coupée.

Miri tomba à genoux.

Naila s'avança, le souffle coupé à mi-chemin d'un cri.

Il n'y avait pas de sang. Aucune blessure visible. Mais ses yeux étaient ouverts. Grands.

Comme si quelqu'un n'était pas venu pour tuer l'homme, mais le souvenir qu'il portait.

***

Cette nuit-là, la pluie n'a jamais cessé.

L'île était silencieuse, craintive.

Les portes se ferment. Lumières faibles. Un silence qui signifiait la survie.

Au poste de police, Naila se tenait devant une carte épinglée au mur, des fils rouges reliant les lieux, les noms, les dates.

À côté d'elle, Miri berçait le carnet brisé de Kelo, celui qu'il avait montré à Naila quelques jours plus tôt. La moitié des pages ont été brûlées. Le reste sentait la fumée et le sel.

« C'est la dernière personne qui s'en souvient librement », murmura Miri. « Le Conseil ne nous met plus en garde. Ils font le ménage. »

« Ils ont fait une erreur », a déclaré Naila.

« Pourquoi ? »

"Ils ont tracé une ligne. Et ils pensent que nous sommes du mauvais côté. »

***

Dans une pièce fermée à clé sous la salle du Conseil, l'aîné Jainu se tenait avec l'aîné Tambu et l'aîné Bosha. Une petite lampe à huile brûlait sur la table entre eux.

« Il leur a parlé à toutes les deux », a déclaré Jainu, la voix basse. « Il a dû être réduit au silence. »

« Nous sommes à court d'ombres », marmonna Tambu. « Trop d'yeux ouverts. »

« Il nous reste encore une carte », a déclaré Bosha.

Il déroula un parchemin. Sur celle-ci : une liste de noms. Entouré de rouge : Natu Uvu.

« Ils veulent la vérité ? Laissez-les la poursuivre. Mais ils ne trouveront jamais la totale vérité. »

« Assurez-vous qu'elles ne le fassent pas », a déclaré Jainu.

Et sur ce, l'ordre a été donné.

Chapitre 15

À l'aube, la tempête s'était atténuée en bruine, mais les dégâts s'étaient déjà étendus à Varuka comme de la pourriture sous la peau.

Kelo était mort.

Les archives ont été vidées.

Et le silence de l'île avait pris une nouvelle forme : non pas le secret, mais la peur.

Naila et Miri étaient assises l'une en face de l'autre dans l'arrière-salle de la station, la carte étalée entre elles, le symbole des huit nœuds griffonné à côté à l'encre délavée.

« Elle est la prochaine », a déclaré Miri.

Naila hocha la tête. « Ils vont essayer de l'effacer comme ils l'ont fait pour Kelo. »

« Et s'ils le font... »

« Alors la vérité meurt avec elle. »

***

Elles se déplacèrent rapidement, tranquillement. Naila abandonna son uniforme pour des vêtements civils. Miri emporta ce qui restait des notes de sa mère et du journal de Kelo. Ni l'une ni l'autre ne parlèrent beaucoup alors qu'elles traversaient la périphérie du village, suivant les sentiers côtiers, évitant les routes, évitant les regards.

Lorsqu'elles atteignirent le sentier de la crête, la jungle était encore humide et fumante. Un vent doux faisait bruisser la canopée comme un souffle sur les feuilles sèches.

« Elle m'a dit une fois, » dit Miri, « que la raison pour laquelle les gens craignaient les Uvus n'était pas parce qu'ils se souvenaient trop, mais parce qu'ils n'avaient jamais accepté d'oublier. »

Naila jeta un coup d'œil de côté. « C'est ce que nous faisons maintenant. »

***

Le sanctuaire apparut à travers la brume. Mais cette fois, Natu n'était pas seule.

Elle était assise près d'un petit feu. Deux autres femmes étaient assises à côté d'elle, plus âgées, silencieuses, usées. Une herbe tressée en paquets. Les autres ont gravé des symboles dans du bois tendre.

Tous trois levèrent les yeux lorsque les femmes s'approchèrent.

« Vous êtes venues », dit Natu, sans surprise.

« Ils viendront te chercher », a dit Miri, la voix brisée. « Nous devons vous emmener dans un endroit sûr. »

« Il n'y a aucun endroit sûr », a répondu Natu. « Mais il est encore temps. »

Elle leva une pochette en cuir et leur fit signe de s'asseoir.

« Je vais tout vous dire », a-t-elle dit. « Depuis le début. Pas la version de vos livres d'histoire. Pas les mensonges chuchotés dans les salles du Conseil. Mais l'histoire telle qu'elle était. En l'occurrence. Comme je m'en souviens. »

***

Pendant l'heure qui a suivi, elle a parlé.

D'un énième massacre, cette fois-ci non pas mené par des colonisateurs mais par des dirigeants insulaires qui se sont alignés sur le pouvoir.

De la huitième famille, blâmée, trahie et réduite au silence pour s'être exprimée.

Des survivants, dispersés dans la clandestinité, mariés sous de faux noms, enfants élevés en secret.

Et enfin, de Rhea Kaoro, qui a redécouvert l'histoire mais n'a su qui elle était vraiment que trop tard.

« Elle n'était pas seulement une érudite », a déclaré Natu.

« C'était une descendante. »

Miri se figea.

« Vous voulez dire... ? »

« Votre mère était une Uvu. »

La main de Miri s'envola vers l'amulette à son cou.

« Et vous aussi. »

***

Le tonnerre crépitait au loin.

Naila se leva. « Nous devons la déplacer maintenant. »

Mais Natu leva la main. « Vous ne comprenez pas. Mes paroles sont la vérité. Mais on ne les croira pas tant qu'on ne les aura pas entendues. »

Elle hocha la tête en direction d'un cartable à côté d'elle.

À l'intérieur : un appareil d'enregistrement.

« J'ai déjà raconté cette histoire », a-t-elle dit doucement. « À votre mère. Maintenant, je le dis à nouveau. Et cette fois-ci... Vous devez vous assurerer qu'elle vit. »

Chapitre 16

La jungle était déjà plus sombre qu'elle n'aurait dû l'être.

Les nuages de pluie étaient revenus, épais et bas, étouffant le bruit et la lumière. Naila ajusta le poids de sa sacoche, maintenant lourde de l'enregistreur, des notes et de l'amulette de Natu. Miri se déplaça à côté d'elle, une main agrippant le bras de Natu, la stabilisant sur les racines moussues.

Elles se déplaçaient vite. Trop rapides pour quelqu'une de l'âge de Natu.

Derrière eux, la forêt était devenue trop silencieuse.

Naila s'arrêta, leur faisant signe de s'accroupir. Le bruissement des feuilles mouillées derrière eux n'était pas du vent.

Elle détacha la lame de sa hanche.

« Quelqu'un suit », murmura-t-elle.

Les yeux de Miri brillèrent. « Combien ? »

"Je ne sais pas encore. Mais ce n'est pas le fruit du hasard. »

Natu, respirant lourdement mais alerte, a dit : « Il y a un virage devant nous. Un chemin de pierre. Il descend vers les anciennes grottes de sel. S'ils ne savent pas qu'il est là, nous pouvons les perdre. »

Naila hocha la tête.

Elles ont couru.

***

Elles atteignirent le chemin caché, une série de pierres couvertes de mousse qui tombaient brusquement vers les falaises de la mer. L'entrée de la grotte bâillait en dessous comme une blessure dans la terre, à peine visible derrière des lianes suspendues.

À l'intérieur, l'air salin leur piquait les narines. D'anciennes jarres de stockage gisaient brisées dans les coins, vestiges d'une époque où les grottes contenaient des marchandises commerciales et des secrets.

« Ici », dit Naila en désignant une alcôve étroite. « Cachez-vous ici. Miri, restez avec elle. »

« Et vous ? »

« Je vais les attirer. S'ils nous attrapent toutes, c'est fini. »

***

Elle remonta le chemin, silencieuse comme un souffle.

Et puis elle les vit : deux hommes en tuniques grises, traditionnelles mais avec des bottes modernes. Se déplaçant comme des chasseurs. Des agents du conseil, pas des gardes. Leurs yeux étaient durs. Ils n'étaient pas là pour avertir qui que ce soit.

Ils étaient là pour effacer.

Naila fit claquer une brindille sous le pied, intentionnellement.

Une tête se tourna.

Elle a couru.

***

De retour dans la grotte, Miri stabilisa la main de Natu alors qu'elle enfonçait l'enregistreur dans la sienne.

« S'ils m'emmènent, » murmura Natu, « vous devez porter cela au Conseil. Au peuple. Ne vous cachez pas. »

« Vous n'êtes pas en train de mourir ici. »

Natu lui lança un regard mi-sourire, mi-chagrin. « Alors nous devons bouger. »

***

Naila fit demi-tour alors que la pluie recommençait à tomber, plus fort maintenant, plongeant la jungle dans le chaos.

L'un des poursuivants l'avait suivie trop loin.

L'autre... pourrait encore être proche.

Alors qu'elles se regroupaient près du bord de l'eau, une faible lueur apparut dans les arbres – une troisième silhouette, masquée et se déplaçant prudemment.

Naila leva une main pour arrêter Miri.

« Ce n'est pas l'un d'entre eux », murmura-t-elle.

De la brume est sortie l'aînée Navina Aru.

Elle les regarda avec un mélange de résignation et d'urgence.

Et elle a dit :

« Si vous voulez que cette histoire soit entendue, vous aurez besoin de plus que la vérité. Vous aurez besoin de *témoins*. Et je ne suis pas la seule prête à prendre la parole. »

Chapitre 17

Les murs de la grotte tremblaient au bruit d'un tonnerre lointain. Mais la tempête à l'extérieur n'était pas aussi dangereuse que celle à l'intérieur de la grotte.

Naila, Miri et Natu se tenaient face à l'aînée Navina Aru, la faible lueur du feu peignant son visage ridé d'or et d'ombre.

Naila fut la première à prendre la parole. « Vous êtes restée silencieuse pendant des années. »

« J'ai attendu », répondit Navina, calme comme de l'eau calme.

« Pour quoi faire ? »

« Pour le moment quand le silence deviendrait plus dangereux que la vérité. »

***

Miri croisa les bras, le corps tendu.

« Pourquoi maintenant ? Après la mort de ma mère ? Après Kelo ? »

Navina ne broncha pas. « Parce que le Conseil est fracturé. L'étreinte de Jainu est en train de glisser. Bosha veut le contrôle, il brûlera cette île pour l'obtenir. Tambu est vieux, fatigué et suivra quiconque nourrit sa peur. »

« Et vous ? » a demandé Naila. « Que voulez-vous ? »

« Un règlement de comptes », a-t-elle dit. « Mais pas un effondrement. »

Elle s'avança et posa un parchemin sur le rocher entre eux.

« J'ai pris cela dans les archives la nuit de la mort de Rhea. Elle m'a donné une copie de ses recherches avant que le Conseil ne se mette en colère contre elle.

Je l'ai enterré, puis j'ai attendu de voir si quelqu'un finirait ce qu'elle avait commencé. »

Naila s'agenouilla à côté du parchemin. Il était scellé avec la marque de cire de Rhéa, une spirale à huit encoches.

« Vous auriez pu parler plus tôt », a déclaré Miri.

« J'ai vu mes amis disparaître pour moins. »

***

Natu, toujours assis, prit enfin la parole.

« Croyez-vous toujours au Conseil ? »

Navina s'arrêta. « Non. Mais je crois que l'île mérite de guérir. Nous n'y parviendrons pas en le déchirant du jour au lendemain. Nous avons besoin de preuves. Nous avons besoin d'alliés. »

Naila hocha la tête. « Ensuite, nous rendons tout publique. »

« Non », a répondu Navina. « Pas encore. Si nous rendons publique maintenant, Jainu fermera l'île avant l'arrivée du prochain ferry. Les stations de diffusion sont surveillées. Le poste est contrôlé. Nous devrons être stratégiques. »

Miri se pencha. « Alors, que suggérez-vous ? »

***

Navina regarda chacune d'elles à tour de rôle.

« Il y a un rassemblement cérémoniel dans deux jours. Jour de la fondation. Le Conseil s'exprimera devant l'ensemble de l'île. C'est le seul moment où la tradition exige qu'ils se taisent pendant que les autres parlent. »

Elle désigna l'enregistreur.

« Diffusez le témoignage de Natu alors. Que toute l'île apprenne ce qui a été enterré. »

« Et si le Conseil essayait de nous arrêter ? » a demandé Naila.

Navina sourit, petite, vive.

« Alors nous saurons qui ils sont vraiment. »

***

Alors que le feu s'éteignait et que les quatre femmes s'asseyaient sous le plafond de pierre, Naila ne parla pas pendant un moment.

Elle ne faisait pas confiance à Navina, pas entièrement.

Mais peut-être que la vérité avait besoin de plus que des témoins.

Peut-être avait-elle besoin de traîtres à l'intérieur.

Chapitre 18

L'air à l'intérieur de la planque était lourd d'anticipation. Les lanternes clignotaient bas tandis que Naila, Miri et Navina étalaient la carte de la place du village.

« Il y a un générateur que nous pouvons exploiter », a déclaré Naila, en montrant un carrefour près du marché.

« Si nous câblons le système de haut-parleurs, nous pouvons couper le flux du Conseil et diffuser l'enregistrement de Natu dans toute l'île. »

Miri fit les cents pas. « Et après ? Ils viendront nous chercher à la seconde où ça jouera. »

« Ensuite, nous leur donnons le choix », a déclaré Navina. « La vérité... ou l'obéissance. »

Elle glissa un papier plié sur la table.

« Ce sont des noms de membres du Conseil qui ont exprimé des doutes. Si même l'un d'entre eux rompt les rangs publiquement après l'émission, cela brisera l'illusion de l'unité. »

***

La même nuit, dans la salle du conseil plongée dans l'obscurité, l'aîné Jainu fixa la flamme d'une lampe à huile.

« Nous avons sous-estimé sa fille », a-t-il dit catégoriquement.

L'ancien Bosha rôdait comme un animal acculé. "Ce n'est pas seulement la fille. C'est Deshmukh. Aru. Les chuchoteurs. Même certaines familles du temple murmurent. »

Tambu, pour une fois, ne dit rien. Il avait l'air plus vieux que jamais.

« Nous le fermons », a rétorqué Bosha. « Le jour de la fondation est cérémoniel. Annulez-le. Décrètez un jour de deuil. Dis le temps... »

« Non », l'interrompit Jainu. « Si nous l'arrêtons, nous confirmons que l'histoire est réelle. Nous organiserons le rituel. Mais nous nous préparons... les imprévus. »

Il en sortit un cartable en cuir et le posa sur la table.

À l'intérieur : un petit appareil. Noir. Clignotant.

Les yeux de Bosha se plissèrent. « C'est de la technologie continentale. »

« Exactement », a déclaré Jainu. « S'ils essaient de diffuser... »

« La diffusion meurt au milieu d'une phrase. »

***

Plus tard dans la nuit, Miri souda un petit émetteur à la lumière d'une lanterne, ses doigts tremblants.

« Elle est morte seule, n'est-ce pas ? » murmura-t-elle soudainement.

Naila leva les yeux.

« Ma mère. Elle savait qu'ils allaient arriver. Et je n'étais pas là. Je peignais des expositions dans des villes qui ne se souciaient pas de savoir si elle vivait ou mourait. »

« Elle n'est pas morte pour rien », a déclaré Naila.

« Elle aurait pu le faire. »

Naila posa une main sur son épaule. « Mais si nous faisons les choses correctement, elle ne sera pas celle dont les gens se souviendront. Ils le feront. Ceux qui l'ont effacée. »

***

Il était presque minuit. Jainu se tenait devant le feu sacré au centre de la pièce, les mains jointes derrière le dos.

« Nous avons gouverné par le silence », dit-il à personne en particulier. "Demain, s'ils parlent... Nous devrons peut-être à nouveau gouverner par la peur. »

Derrière lui, le feu crépitait. Personne n'était en désaccord.

Chapitre 19

Le ciel était encore sombre, peint d'un violet profond juste avant l'aube. La mer était exceptionnellement calme, plate comme de la pierre polie. Même les oiseaux étaient silencieux.

À l'intérieur de la planque, éclairée uniquement par une petite lampe à huile, Miri était assise à côté de Natu, enveloppée dans un épais châle, le dos droit malgré son âge.

Entre elles était l'enregistreur.

Une seule lumière rouge clignota, en attente.

***

« Vous avez tout entendu », a déclaré Natu. « La vérité. La mémoire. La blessure. »

Miri hocha la tête. « Je ne sais toujours pas comment la porter. »

« Vous ne la portez pas seule. C'est le mensonge qu'ils nous ont fait croire. Que nous devions le faire. »

Miri baissa les yeux vers l'amulette dans sa paume – huit boucles, usées par le temps. « Ma mère ne m'a jamais rien dit de tout cela. »

« Elle voulait vous protéger de ça », a répondu Natu.

« Elle pensait que le silence pouvait être synonyme de sécurité. »

« Ce n'était pas le cas. »

« Non. Mais elle a essayé. C'est ce que font les mères. Même lorsqu'elles échouent. »

La voix de Miri se brisa légèrement.

« Je la détestais parce qu'elle ne me demandait pas de rester. »

« Et elle se détestait de ne pas te demander plus fort. »

***

Un long silence s'est écoulé.

Puis Natu a attrapé l'enregistreur et a appuyé sur *play*.

Sa voix emplissait la pièce, claire, inébranlable.

« C'est le récit du massacre qui n'est pas écrit dans vos livres. C'est le nom de la famille qui s'est souvenue quand d'autres ont choisi d'oublier... »

Miri écouta la voix qui ne parlait autrefois qu'à voix basse devenir une preuve.

Elle essuya une larme de sa joue et regarda vers la fenêtre. La lumière commençait à poindre sur la mer.

***

Natu la regarda.

« Ils vont essayer de nous faire taire. »

« Je vais crier plus fort. »

« Ils viendront peut-être vous chercher ensuite. »

« Je suis la fille de ma mère. »

****

Puis, alors que le soleil commençait à se lever sur Varuka, Miri se leva, rentrant l'enregistreur dans sa veste.

« Mettons fin à l'oubli. »

Chapitre 20

La place était bondée.

Sous les bannières blanches flottantes du Jour de la Fondation, les villageois remplissaient chaque pas, chaque étal, chaque allée ombragée.

Les enfants portaient des écharpes tissées, les aînés portaient des feuilles de palmier et les tambours du quartier nord jouaient leur lent rythme ancestral.

En surface, cela ressemblait à chaque année auparavant.

Mais la foule était trop silencieuse.

Les yeux scrutaient les toits.

Des voix murmuraient au lieu d'applaudir.

Et près de la scène centrale, les gardes du Conseil se tenaient plus proches que d'habitude, les mains posées trop confortablement près des armes qu'ils n'étaient pas censés porter pendant la cérémonie.

***

Naila se tenait sous l'échafaudage de la plate-forme, vêtue de vêtements civils, son badge caché. Ses yeux balayèrent la place, remarquant les tours de haut-parleurs, la boîte de jonction truquée, le fil qu'elle avait enfilé derrière l'étal du vendeur.

Tous encore intacts. Mais son estomac s'est noué.

Quelque chose n'allait pas.

***

Miri, assise au premier rang avec le cartable sur ses genoux, ne cligna pas des yeux.

Elle avait pressé l'amulette à plat sous sa paume.

Elle ne pouvait pas voir Natu, qui attendait à deux pâtés de maisons de là avec Navina et trois autres personnes dans une petite camionnette cachée. Mais elle sentait sa présence comme un fil tendu dans sa poitrine.

L'enregistreur était chaud contre ses côtes.

***

Sur scène, l'aîné Jainu s'est approché du podium.

Sa robe blanche étaient impeccable. Son visage est impassible.

Il posa ses deux mains sur la surface en bois sculpté et dit, avec une douce solennité :

« Nous nous rassemblons à nouveau sous l'esprit du souvenir... »

***

Dans une alcôve cachée derrière la salle du Conseil, l'ancien Bosha se déplaça rapidement.

Il portait le dispositif d'interférence, petit, aux bords tranchants, rouge clignotant. Il a été conçu pour faire griller le signal au moment où il est activé. Cela avait déjà fonctionné auparavant, discrètement, invisiblement.

Mais cette fois-ci...

Il hésita.

Quelqu'un avait trafiqué le câblage.

***

De retour dans la foule, Naila vit le garde bouger. Subtil. Un signal transmis par contact visuel.

Elle s'est tournée vers la scène.

Trop tôt.

Ils préparaient quelque chose.

***

Le discours de Jainu bourdonnait. Tradition. Prospérité. Paix.

L'ancien script.

Mais Naila vit ses doigts se contracter contre le bois.

Il attendait aussi quelque chose.

***

Puis, un bruit sec de rétroaction crépitait dans les haut-parleurs, le temps d'un instant.

La foule s'est agitée.

Jainu fit une pause. Seulement pendant une demi-seconde. Puis a continué.

Mais Naila bougea.

Elle se glissa derrière la scène, vers la tente d'équipement.

Le signal était brouillé.

Le sabotage était réel.

***

En même temps, Miri se leva de sa chaise.

Elle n'attendit pas le signe de Naila.

Elle marcha jusqu'aux marches de la plate-forme, enregistreur à la main, et grimpa.

Des halètements la suivirent.

L'un des gardes tendit la main pour l'arrêter...

... puis se figea, car Navina Aru apparut de l'autre côté, en robe de cérémonie, et hocha la tête une fois.

Il était temps.

Chapitre 21

L'enregistreur était assis sur le podium comme une menace silencieuse.

La main de Miri plana sur le bouton de lecture, la bouche sèche, le cœur battant comme un tambour de guerre dans sa poitrine. La place du village était silencieuse, le souffle coupé, les yeux fermés.

Quelque part au fond de la foule, un enfant a chuchoté : *« C'est la fille. »*

Sur la scène derrière elle, l'aîné Jainu se tenait debout, l'expression gravée dans la pierre.

Depuis le bord de la place, Navina Aru soutenait le regard des autres Anciens, les défiant de parler. Les défiant de briser le silence rituel du Jour de la Fondation.

Mais en dessous de la scène, dans la tente d'équipement, la véritable menace avait déjà commencé.

***

Naila s'accroupit derrière la boîte de jonction, outils à la main, les yeux scrutant les fils.

Le feu de signalisation avait clignoté deux fois.

Quelqu'un avait trafiqué la ligne de secours.

Coupez le flux maintenant, et la diffusion meurt avant même de commencer.

Elle suivit le câble jusqu'à la génératrice, une petite boîte d'acier bourdonnant derrière des caisses de fleurs de cérémonie.

Et là, une silhouette était accroupie dans l'ombre.

Gants noirs. Chemise tachée de graisse. Un agent du Conseil, reconnectant le relais.

Trop rapide pour le sabotage.

Trop lent pour être subtil.

Naila n'attendit pas. Elle s'élança.

***

Les deux sont entrés en collision violemment contre le générateur. L'homme gronda, attrapant le câble, essayant de le libérer.

Naila enfonça son coude dans son flanc, tordant la pince de sa prise. Il se remit, attrapa une lame cachée, et elle sortit son badge de sa poche et le frappa contre sa tempe.

Il a lâché. Mais le relais a fait des étincelles.

Le voyant de signalisation est devenu rouge.

Les haut-parleurs clignotaient.

***

Sur scène, le doigt de Miri était sur le bouton de lecture.

Elle jeta un coup d'œil à Naila, qui apparut en titubant, le bras ensanglanté, la bouche ouverte, en criant :

« MAINTENANT ! JOUEZ-LE !

***

Miri a appuyé sur play.

***

Un crépitement s'éleva dans les haut-parleurs.

La foule a tressailli.

Et puis : la voix de Natu.

« *Voici le récit de ce qui a été enterré...* »

***

Le Conseil n'a pas bougé.

Pas encore.

Mais derrière leurs regards vides, quelque chose se brisait.

Et sur la place, les gens ont écouté, vraiment écouté, pour la première fois depuis des générations.

Chapitre 22

« Voici le récit de ce qui a été enterré. »

La voix de Natu, claire, ininterrompue, résonna sur la place, portée par de vieux haut-parleurs qui crépitaient mais tenaient.

« Je m'appelle Natu Uvu. Je suis la dernière née de la huitième famille. Nous étions les gardiens de la mémoire. Nous nous sommes souvenus des naissances, des décès et des moments entre les deux. C'est pourquoi ils sont venus nous chercher. »

La foule resta figée.

Certains ont eu le souffle coupé. Certains ont pleuré. D'autres se contentaient de regarder.

Les enfants ont serré les mains de leurs parents. Les aînés chuchotaient des noms qu'ils n'avaient pas prononcés depuis des années.

« Ils vous ont dit que c'étaient les colonisateurs qui avaient brûlé les villages de sel. Mais ce n'était pas le cas. C'était la nôtre. Les dirigeants de l'île se sont alignés avec les puissances extérieures et, pour assurer leur place, ils ont abandonné la nôtre. »

Sur la scène, la mâchoire de l'aîné Jainu se serra, mais il ne bougeait pas.

« Nous étions marqués. Nos noms ont été rayés des rouleaux du temple. Nos symboles interdits. Le nœud de huit, l'emblème de notre famille, a été déclaré dangereux. Une superstition. Nous sommes devenus des fantômes dans notre propre pays. »

La main de Miri trembla.

Mais elle n'a pas arrêté l'enregistrement.

***

Dans la foule, des voix s'élevèrent.

« Elle dit la vérité. »

« J'ai vu ce nœud. Ma grand-mère l'a fait coudre dans son châle.

« Ils ont dit que c'était un charme de protection. »

« *C'était un nom.* »

***

« *Rhea Kaoro a retrouvé notre nom. Elle a posé les questions que d'autres craignaient. Elle trouva l'histoire dans une berceuse, cachée dans la langue des vieilles femmes, passée de main en main comme un charbon ardent. Et pour cela, ils l'ont réduite au silence.* »

Des halètements se sont propagés dans la foule.

Naila vit un garde du Conseil reculer, ébranlé.

« Les Anciens qui ont fait cela sont peut-être morts. Mais ceux qui protègent leurs mensonges ne le sont pas. »

« Vous les connaissez. »

« Vous vous êtes assis devant eux. »

« Et maintenant, vous devez choisir. »

***

L'enregistrement s'est terminé.

Pendant une seconde, le silence fut total.

Puis une voix s'éleva, petite, mais ferme :

« Elle a raison. »

Un autre l'a rejoint : « Nous nous souvenons de la femme Kaoro. Elle est venue dans notre village. Elle a demandé. Elle a écouté. »

Puis un cri : « Pourquoi vous nous avez menti ?! »

Tous les regards se sont tournés vers la plate-forme du Conseil.

Et pour la première fois depuis des décennies, les Sages n'ont pas parlé.

Parce qu'il n'y avait plus rien à dire.

Chapitre 23

Ils n'ont pas couru.

Ce fut la première surprise.

Alors que la foule déferlait de questions, d'accusations et de réveils, les anciens du Conseil restèrent sur l'estrade, stoïques, inébranlables.

Mais leur calme n'était pas l'unité.

C'était la paralysie.

Jainu leva la main, non pas pour faire taire, mais pour se calmer.

« Peuple de Varuka », commença-t-il, la voix serrée, formelle. « Vous avez entendu des histoires. De l'extérieur de nos halls. Des histoires tordues par le chagrin. Avec des agendas personnels. Nous pleurons Rhea Kaoro. Mais il ne faut pas prendre le chagrin pour un fait... »

« Assez. »

Le mot vint de derrière lui.

La foule a haleté.

L'aîné Tambu Deko, silencieux pendant des années, obéissant pendant des décennies, s'est avancé.

« Assez de mensonges », a-t-il répété.

Jainu se retourna, foudroyé.

La voix de Tambu était rocailleuse, mais elle était porteuse. « J'y étais. Pas la nuit du feu. Mais dans les années qui ont suivi. J'ai signé les ordres de rayer le nom d'Uvu du registre du temple. Je savais ce que je faisais. Nous l'avons tous fait. »

Un silence plus fort que celui de la foule s'ensuivit.

« Je suis fatigué de prétendre que la vérité est dangereuse », a déclaré Tambu. « Nous sommes le danger. Pas les histoires. »

***

Bosha s'avança, le visage rouge. « C'est de la folie. »

« C'est de la mémoire », a déclaré Tambu. « Et il est temps que nous y fassions face. »

Il descendit de l'estrade et se tint au milieu de la foule.

Et puis d'autres ont suivi.

D'abord un enseignant. Puis marchand. Puis un prêtre à la retraite qui s'était tu pendant des années. L'une après l'autre, des voix brisèrent le long silence.

***

Dans les coulisses, Naila et Miri regardaient depuis le bord de l'échafaudage.

« Ils se séparent », dit Naila doucement.

« Pensez-vous que c'est réel ? »

« Je pense que l'histoire est trop grande pour être enterrée maintenant. »

Miri n'a pas répondu.

Elle regardait Jainu, dont le visage était calme mais dont les jointures étaient blanches sur le bord de la plate-forme.

Il n'avait pas perdu. Pas encore.

Mais il avait été vu.

Chapitre 24

La nuit était de nouveau tombée.

La salle du conseil était lourde d'ombres, éclairée uniquement par la flamme centrale.

Quelques gardes loyaux restaient à l'extérieur, mais les gens ne les regardaient plus avec révérence. Seulement avec des soupçons.

À l'intérieur, l'aîné Jainu Malel se tenait au centre de la pièce, faisant les cents pas.

« Ils s'en souviendront », a-t-il dit à haute voix.

Mais personne n'a répondu.

Seul Bosha se tenait à proximité, les bras croisés, bouillonnant. Tambu avait disparu. Navina, disparut dans la foule. Rafiq n'avait pas parlé depuis l'émission.

« Nous construit ceci », a déclaré Jainu.

« Nous leur avons donné la paix. Une identité. De l'ordre. »

Bosha cracha sur le sol. « Tu leur as menti, mon vieux. Et maintenant, ils savent écouter. »

***

Dehors, la place ne s'était pas vidée. Les gens allumaient des bougies. Des histoires étaient partagées à haute voix, comme des braises passées de main en main. Le symbole des huit nœuds, autrefois un sceau oublié, était maintenant esquissé dans la poussière, gravé dans le tissu, porté ouvertement.

Miri et Naila se tenaient près du centre, regardant les gens se réapproprier la mémoire, ensemble.

Puis la radio de Naila crépita.

« Signal détecté – signal de diffusion, ligne du Conseil – veille... »

***

De retour dans la salle, Jainu posa un petit appareil sur la table centrale.

Un module de contournement, utilisé lors d'urgences côtières pour saisir les communications à l'échelle de l'île.

Il l'a activé.

Sa voix coupait tous les haut-parleurs de la place.

« Peuple de Varuka », commença-t-il, d'une voix de fer. « Vous êtes induit en erreur. Un seul enregistrement ne réécrit pas l'histoire. Ne tombez pas dans l'émotion. Retournez chez vous. Ne laissez pas le désordre empoisonner ce que nous avons construit... »

Mais ensuite, le son s'est déformé. Fêlé. Arrêté.

***

Dans la foule, les gens levaient les yeux.

Statique. Puis le silence.

***

Naila parlait doucement dans son micro.

« Il ne savait pas que nous avions redirigé les lignes de diffusion. »

Miri la regarda. « Nous avons brûlé son dernier scénario. »

***

Dans la salle du Conseil, Jainu fixa le micro maintenant mort.

Derrière lui, deux gardes baissèrent les yeux.

La porte s'ouvrit en grinçant.

Navina entra. Seule.

Elle ne dit rien. Elle est restée là.

En attente.

***

Le lendemain matin, la salle du Conseil était vide.

Les portes sont restées ouvertes.

Les gens ne sont pas venus pour protester, mais pour témoigner.

Parce que le silence, enfin, leur appartenait.

Chapitre 25

Le soleil s'est levé sur Varuka pour la première fois depuis ce qui m'a semblé être des jours – clair, doré, calme. La place s'était vidée. Les bannières avaient été enlevées. Mais le changement bourdonnait encore dans les pierres.

À l'intérieur du poste de police, Naila feuilleta un rapport final. Son bureau était rempli de déclarations, d'enregistrements, de témoignages.

Tout indiquait que le Conseil était pourri.

Mais un seul nom a été directement lié à la nuit de la mort de Rhea Kaoro.

On frappa à la porte en silence.

Miri entra, tenant une enveloppe usée.

« C'est elle qui m'a donné ça », dit-elle en le posant. « Natu. Elle a dit que ma mère l'avait laissé avec elle au cas où... Les choses auront mal tourné. »

Naila l'ouvrit avec précaution.

À l'intérieur : une page de journal. L'écriture de Rhea.

« S'ils trouvent cela, c'est que j'avais raison. Ce ne sera pas le Conseil qui me tuera, ce sera celui qui regardera tranquillement. Celui qui a souri à travers mes questions. Celui qui m'appelait un jour 'ami'.

En bas : un seul nom.
Aîné Bosha Kaale.

***

Miri le regarda fixement.
« J'ai cru que c'était Jainu. »
« Il a donné les ordres », a déclaré Naila.

« Mais c'est Bosha qui a agi. Il était la lame du Conseil.

***

Flashback (brièvement entrelacé comme un souvenir, à partir des notes de Rhéa et de l'enquête de Naila) :

Il est venu chez elle après le crépuscule, sous prétexte de partager de nouveaux accès aux archives. Il attendit qu'elle lui tourne le dos. Il a placé la coquille lui-même, connaissant le symbolisme. Savoir que cela sèmerait la confusion.

Il a fait croire à un suicide.

Il est sorti sans une marque sur lui.

***

Retour dans le présent :

« Il est parti », a déclaré Naila.

« Disparu après l'émission. Le capitaine du port a déclaré que quelqu'un était parti sur un esquif la nuit précédant la dissolution du Conseil. Pas de nom. Juste de l'argent. »

Miri resta silencieuse un moment. Alors:

« Alors il peut disparaître ? »

« Non. » Naila se leva. « On se souvient de lui. »

***

Elle a attrapé le micro de la radio.

« Envoi au contrôle portuaire. Sachez que nous délivrons un mandat. Bosha Kaale. Soupçonné du meurtre de Rhea Kaoro. Et recherché pour obstruction à la vérité. »

Elle s'arrêta.

« Alerte internationale. Ne laissez pas la mer l'emporter. »

Chapitre 26

Trois semaines plus tard, la mer est douce.

Les enfants ont de nouveau joué le long du port.

Les vendeurs ont rouvert leurs étals. Et le sanctuaire des falaises occidentales, autrefois caché, à moitié enterré, avait maintenant des bougies qui brûlaient à l'extérieur chaque nuit.

Quelqu'un avait gravé le symbole des huit nœuds dans la pierre au-dessus de son entrée.

Les gens ne l'appelaient plus le sanctuaire de la huitième famille.

Ils l'ont appelé le lieu du souvenir.

***

À l'intérieur de la Maison du patrimoine qui vient de rouvrir ses portes, Miri se tenait au milieu des ouvriers qui restaurent soigneusement des livres, des parchemins et des fragments sauvés de l'incendie des archives. Le plafond avait été réparé. Les murs repeints. Mais l'âme du lieu était maintenant quelque chose d'entièrement nouveau.

« Je ne sais toujours pas comment diriger un centre culturel », dit-elle, tenant une tasse de thé fissurée dans l'ancien bureau de sa mère.

Naila s'appuya contre le cadre de la porte. « La moitié de l'île fait don des souvenirs de ses grands-parents. C'est comme ça que ça commence. »

Miri sourit. « J'attends toujours que le chagrin s'éteigne. »

« Il ne le fera pas. Il change ... juste de forme. »

Elle hocha la tête. « Et vous ? »

« On m'a demandé de rester », a déclaré Naila.

« En permanence. Chef d'un nouvel organisme de surveillance dirigé par des civils. Séparé de l'ancien Conseil. »

Miri leva un sourcil. « Alors, vous allez rester ? »

« Je pense que cette île a encore besoin d'être surveillée. Mais peut-être pas de la manière dont c'était le cas. »

***

Elles ont marché ensemble jusqu'aux marches d'entrée, où des bougies brûlaient en ligne le long de la route.

Un groupe d'enfants s'est agenouillé le long du sentier, peignant des symboles sur des pierres lisses – des spirales, des vagues, des étoiles. Et huit nœuds.

« Ils sont en train de réécrire l'île », a déclaré Miri.

« Non », a répondu Naila. « Ils sont enfin en train de l'écrire. »

***

Au loin, un bateau arrivait du continent, rempli de visiteurs, d'érudits, peut-être de sceptiques. Mais plus personne sur l'île n'avait l'air d'avoir peur.

Pas de la vérité.

Pas du souvenir.

Chapitre 27

La tombe était simple.

Une pierre plate placée sous le tamarinier en fleurs que Rhéa avait planté à la naissance de Miri. Autour d'elle poussaient du thym sauvage et des pétales flottants du sanctuaire voisin. Sur la pierre, sculptée par des mains locales :

Rhéa Kaoro

Mère. Souvenir. Intacte.

Miri s'agenouilla, effleurant l'inscription des fleurs emportées par le vent.

Elle n'a pas parlé au début. Elle écoutait tout simplement, la brise, la mer, les voix des enfants qui jouaient plus loin sur le chemin. L'île n'était plus silencieuse dans la peur. C'était vivant dans la mémoire.

« J'aurais dû revenir plus tôt », murmura-t-elle.

« Mais je suis revenue. Et je suis restée. »

Elle a placé une pierre au sommet de la tombe. Peint dessus : le symbole des huit nœuds.

***

Derrière elle, des bruits de pas.

Naila s'approcha lentement, portant deux gobelets en papier remplis de café. Elle en passa un à Miri sans parler.

Ensemble, elles restèrent silencieuses pendant un moment, jusqu'à ce que Miri dise enfin :

« Je pense que je suis prête à appeler cette île ma maison à nouveau. »

Naila sourit. « Bien. L'île a assez de fantômes. Il a besoin de plus de témoins. »

Elles se sont assises ensemble sur le mur de pierre, surplombant la vallée où de nouveaux rassemblements se formaient. Cercles d'histoire orale. De la musique à partir de gammes oubliées. Des enfants répétant des comptines que leurs grands-parents craignaient autrefois de dire à haute voix.

« Vous savez, » a dit Miri en sirotant, « nous formons une équipe décente. »

« Ne le dites à personne », a dit Naila. « J'ai la réputation d'être difficile. »

« Vous êtes impossible. »

« Et pourtant, » a ajouté Naila, « nous avons brisé le silence. »

***

Miri fouilla dans son cartable et en sortit un nouveau carnet, vierge, relié en cuir.

Elle l'ouvrit à la première page et écrivit, dans la langue de sa mère :

« Pour ceux qui ont été effacés. Pour ceux qui s'en souvenaient. Et pour ceux qui ont osé écouter.

Elle leva les yeux vers Naila.

« Prête à commencer la prochaine histoire ? »

Naila leva sa tasse en portant un toast silencieux.

« Toujours. »

www.ingramcontent.com/pod-product-compliance
Lightning Source LLC
Chambersburg PA
CBHW031054310726

48969CB00007B/2268